高氏孝賢故事

高忠诚 编著
高尔兴 绘

敦煌文艺出版社

图书在版编目（CIP）数据

高氏孝贤故事 / 高忠诚编著；高尔兴绘. --兰州 ：敦煌文艺出版社，2020.12（2024.1 重印）
ISBN 978-7-5468-1999-0

Ⅰ. ①高… Ⅱ. ①高… ②高… Ⅲ. ①故事－作品集－中国－当代 Ⅳ. ①I247.81

中国版本图书馆CIP数据核字（2021）第006739号

高氏孝贤故事

高忠诚　编著　高尔兴　绘
封面题字：高恩清
责任编辑：张　桐
封面设计：金国亮

敦煌文艺出版社出版、发行
本社地址：（730030）兰州市城关区读者大道568号
本社邮箱：dunhuangwenyi1958@126.com
0931-8152173（编辑部）　0931-8773112　0931-8120315（发行部）

三河市嵩川印刷有限公司印刷
开本 787 毫米×1092 毫米　1/32　印张 4.75　插页 2　字数 30 千
2021 年 7 月第 1 版　2024 年 1 月第 2 次印刷

ISBN 978-7-5468-1999-0
定价：30 .00 元

前　言

魏明孔

高忠诚先生寄来图文并茂的《高氏孝贤故事》，我先睹为快，立即被书中的故事所吸引，被精美的图画所感染，同时也被遒劲的书法所陶醉。众所周知，高姓是中华姓氏中的大姓，源远流长，遍布世界各地，历史上人才辈出。虽然本书命名“故事”，每个“故事”却都源自真实历史人物，“故事”内容或取自正史，或源于地方志，或出自家谱，应该说均为信史。书中二十四位高氏孝贤代表人物，上起春秋时期，下至清代末年，编写这样内容丰富、资料翔实，跨越两千余年的一本书，实属不易，体现了编著者的家国情怀和与时俱进的学者追求。

“孝”对于中华民族来说是一个永恒的主题。孔夫子对于孝提出了最基本的要求，并且被延续至今，即子女不仅有赡养父母，还要对其尊敬，做到和颜悦色，使老人开心，这就是既要孝也要顺。不仅如此，作为子女做事、说话都要遵循规范，不令父母担忧。故《孝经》曰：“夫孝，天之经也，地之义也，民之行也。”“二十四孝”是千百年来在民间口口相传的动人故事，成为一代又一代人所受启蒙教育的生动教材，已经成为中华美德不可或缺的一部分。其所体现的是儿女对养育自己的父母必尽的义务,是对父母的理解与报答,体现的是做人的最基本的人本情怀。

《高氏孝贤故事》中精选的人物,均系道德传家的典范,他们或修身,或齐家,或治国,或平天下,其中有的兼而有之。由高忠诚老师撰写《高氏孝贤故事》是最合适的人选,他尊敬师长,延誉后学;他孝敬父母,友悌兄弟姊妹,众口皆碑。我拜读《高氏孝贤故事》时在想,若干年后有贤者续写高氏孝贤事迹,高老师一定会入选其中。

我很少为他人著作写序言,而对于高忠诚先生的指令来说,我只能勉为其难——师命难违!高先生既是我的长辈,也是我的老师。我懵懵懂懂上大学时,先生确实是我人生道路的指引者。后来我客居他乡后,先生仍然对我关爱有加,每每想到此,都令人感动。我想先生令我为大作作序的另外一个原因是,1995年光明日报出版社出版了我以笔名"卓生"编著的《新编二十四孝》。"二十四孝"对于我们这一代来说是非常熟悉的,尤其是我们农村的孩子听到的最早且最多的"古今"。当出版社向我约稿时,作为囊中羞涩的博士生我痛快地答应了,查阅资料,进行系统学习。所谓"新编",就是对二十四孝故事中的糟粕进行了剔除,以今天的视角作了比较大的改写,出版后受到了积极的评价。对于我来说也挣到了一笔稿费,我用这笔钱将年逾古稀的母亲接到北京旅游了一次,也算尽了一次孝道。

先哲说,一切历史都是当代史。《高氏孝贤故事》中的环境与今天相比发生了非常大的变化,但是其所体现的内涵没有发生变化。二十一世纪的当下,养老依然是全世界所面临的难题之一。学者在探讨中认为,以中华民族的孝道养老,系行之有效的养老方式之一,在很多家庭进行着有效的实践。从这个意义上看,《高氏孝贤故事》在建设和谐家庭、和谐社会中具有一定的现实镜鉴价值。

二〇一九年七月二十八日

于北京三里河无书房斋

(魏明孔,中国社会科学院研究员、博士生导师,历史学博士,资深学科带头人,兼任国家社科基金评委、中国经济史学会会长、中国唐史学会副会长)

序　言

有句老话说:“百行之首,以孝为先。”“孝”是中华民族的传统美德，是千百年来中国社会维系家庭关系及稳定社会秩序的道德准则。

元代郭居敬辑录古代二十四个孝子的故事,编成《二十四孝》,以作孝道之风范。同时,作者强调,对父母祖辈,子孙奉养要敬,赡养要丰,未寒先进衣,未饥先食,年老不便,谨侍几杖,遭遇病痛,谨奉汤药,外出跟随扶持,家居陪伴左右。当然,限于当时历史条件,《二十四孝》中夹杂糟粕,若《郭巨埋儿》之类,为后人所诟病,然而其中亦有可取之处,不可一概而论。

在历代高姓道德典范事例中，最受人们所称道的是重孝道、讲和睦的淳厚家风。综观现存的各种高姓谱牒,所载录的祖训、家训和族规,多以“敦孝悌”“肃门户”“睦乡里”为重点,反复强调长幼有序、尊老爱幼及保持家庭和睦的重要性。认为这既是每个人的立身之本,也是家族兴旺发达的基础,即所谓“为父慈,为子孝,伦理定;为兄爱,为弟悌,万事兴;同族亲,邻里睦,家族和”。

我的双亲为人敦厚,仁善待人。在艰难岁月,父母含辛茹苦,养育我们十个兄弟姊妹成人,可谓劬劳一生,心血耗尽。《诗》云:“哀哀父母,生我劬劳,欲报之德,昊天罔极。”我每读及这《蓼莪》诗句，总不免慨叹垂泪，不胜思念！基于思亲之情，曾下载了网上歌唱父亲母亲的很多歌曲反复听唱，有时甚至边唱边放声痛哭！悲伤过度眼哭成疾，尚思守护父母坟茔。我想成为双亲墓前一块石碑。

己丑三月初三，给父母立碑时，坟上冒出青烟。这可能是积善人家有余庆，儿女的孝心感动上苍，出现如此神奇景象。由于自己对孝道的切身感受，针对社会上部分孝道失落的现象，为弘扬孝道文化，继承传统美德，建立和谐社会，我曾写过一篇《时代呼唤孝道文化》的文章，还在西北师大作过一次题为《弘扬传统孝道文化建立和谐人际关系》的报告，受到师生欢迎。

历史上，高姓中不乏践行孝道的仪范，散见于史传、方志及家谱等文献记载。为了表彰各种恪守孝道的行为，并为后世子孙垂示典范，许多高姓家谱都辟有“忠孝录”“孝子传”等之类的专门性篇目，详细介绍本族历代孝子孝孙的情况，教育后代以彼为楷模。由此，在修纂《高姓大通谱》的过程中，我萌生了编撰“高氏二十四孝”的念头，在网上发了《征编高氏二十四孝故事》的文稿，得到了山水、荣清、福信、有德、若敏、云禄、家协等宗亲的热情响应和支持。特别是高山水宗亲积极翻阅史书古籍，同我一起反复筛选、修改，最后由我拟定目次、编译，并题写评辞，编撰了这本《高氏孝贤故事》。

限于水平，纰漏难免，欢迎读者宗亲不吝赐教。

2009 年 11 月 11 日

于西北师范大学

目　录

一　柴泣三年血　昌效不见齿

高柴，字子羔，亦称子皋、子高、季高，孔门弟子，名列“七十二贤”。春秋末年卫国人，一说齐国人。他性格仁和，且多孝心，遵守礼制，孝敬父母。他自见孔子，出入于户，未尝越礼，孔子称他为“难能”。母亲体虚多病，他经常上山采摘木耳和香菇，为母亲熬汤。母亲去世后，他“泣血三年，未尝见齿”。也就是说，在为母亲守丧的三年中，不断哭泣，从没有露过一丝笑容。高柴是历史上著名的孝子，是仁爱的代表人物，对后世产生了影响。事见《史记·仲尼弟子列传》。据《梁安高氏宗谱》(清光绪三年修)记载，孝子高永昌仿效高柴“泣血三年不见齿”的例子，“居丧，毁情逾制，不知时日。已大祥，世人葬祭做佛事，孝子独能尊先主，泣血三年不见齿。”

评辞：

春秋儒士子高，尊孔传经行孝。

入榜七十二贤，赢得后人仿效。

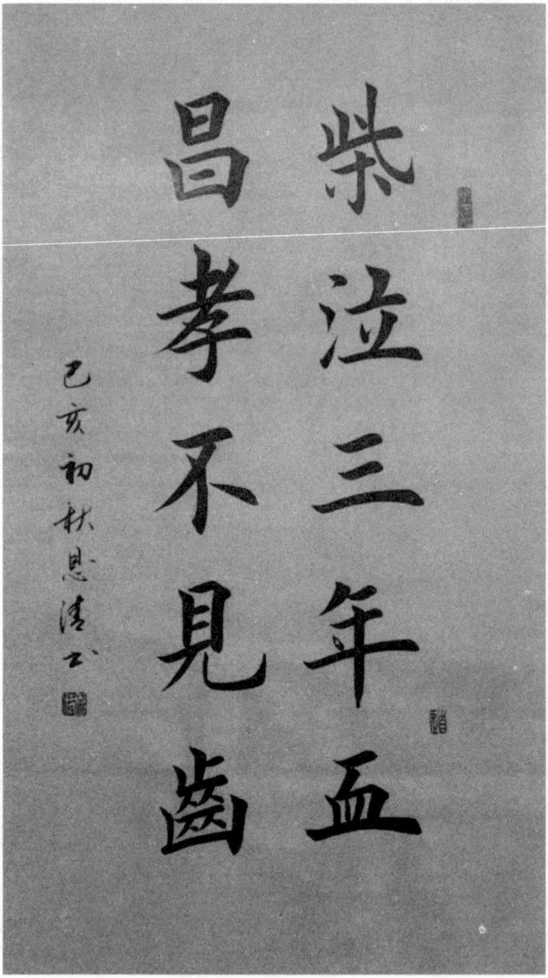
柴泣三年血
昌孝不見齒

二　家风敦孝道　孝心感蝗虫

高式，东汉人，自幼孝顺。父亲常患眼病，多方治疗不愈。高式夜梦神人说："非孔雀睛不疗。"高式正哭着，忽有孔雀飞集庭内得其眼睛，用它果然治好了父亲眼病。父亲去世后，建茅舍守墓。冢前植四棵柏树。在树上有玄鹤筑巢，遂又长出两根白芝。孝心感动了上苍。永初年间（107—113），蝗虫为害，却独独不吃高式家地里的麦子，圉县令周强曾向州郡府禀报这一奇事，太守杨舜举荐高式为孝廉。当要给高式委任官职时，他却再三辞让，最后不得已才以孝廉的资历担任"郎"这一官职。在高式的倡导和影响下，子孙们形成了仁厚孝悌的家风。他的儿子高弘同样极为孝顺，也被举为孝廉；他的孙子高靖在蜀郡任都尉时去世，当时战乱不已，其子高柔仍然历尽千辛万苦入蜀护送父亲的灵柩回乡，历时三年；他的重孙即是曹魏时位列三公的名儒高柔。事见《魏书·高柔传》《皈仙高氏家谱》。

评辞：

孝感苍天，未必实然。

尚德尚孝，犹可留传。

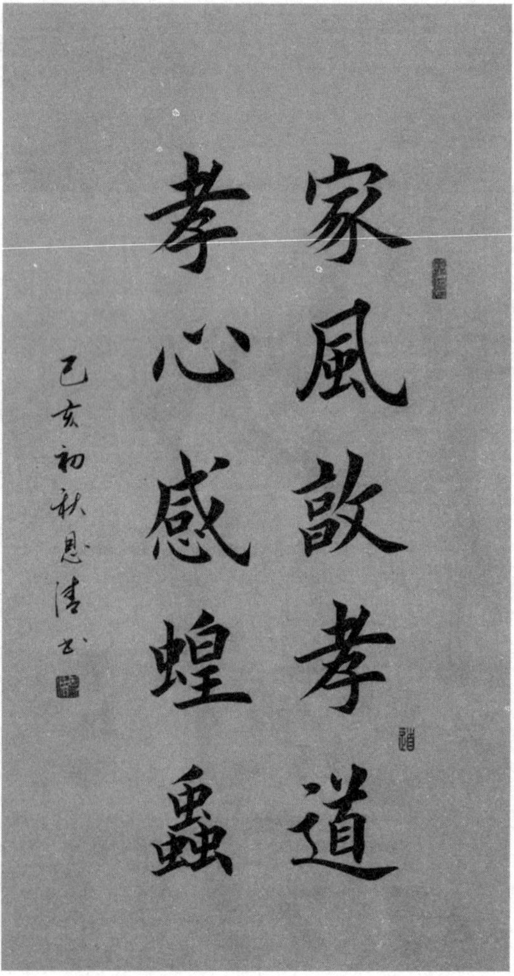
家風敬孝道
孝心感蝗蟲

三 晋悝崧父子 敦孝悌闻名

高悝，晋朝广陵人，早年丧父，侍奉母亲以孝闻名。他十三岁那年遇到了饥荒，自己连糠菜也吃不上，但把最好吃的都留给母亲。他抚育自己年幼的弟弟也是以友爱著称。高悝的孝道为江州刺史华铁所赏识，即提拔他为西曹书佐。高悝为人亦讲义气，华轶获罪，祸及家族，高悝藏匿华轶儿子多年，直至大赦。晋元帝赞赏高悝的品德，任命他为参军，官至丹阳尹，光禄大夫，封建昌伯。高悝的儿子高崧，字茂琰，少好学，善史书。司空何充称其聪慧，举荐崧为主薄，任太学博士。高悝以纳妾事被诉讼罢官致死，高崧认为父亲冤枉，于是停尸五年不葬，上几十封奏章为父申冤。皇帝同情他，下诏仍由他继承父亲爵位。因此高崧名闻天下，官至侍中(相当于宰相)。事见《晋书》(卷七十一，列传第四十一)。

评辞：

父子皆孝，孝行正道。

青史留名，千秋可效。

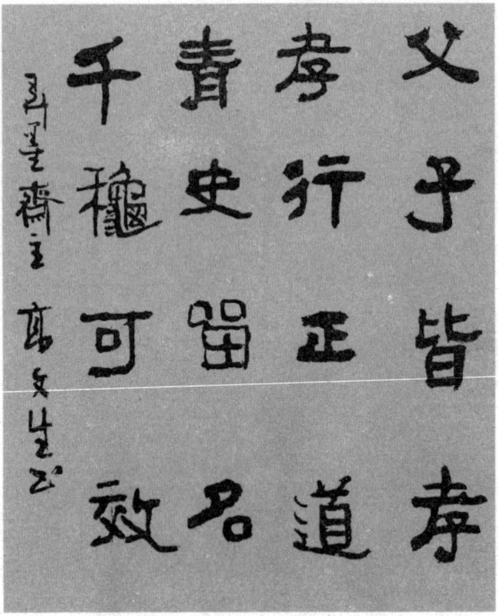
父子皆孝
孝行正道
青史留名
千秋可效

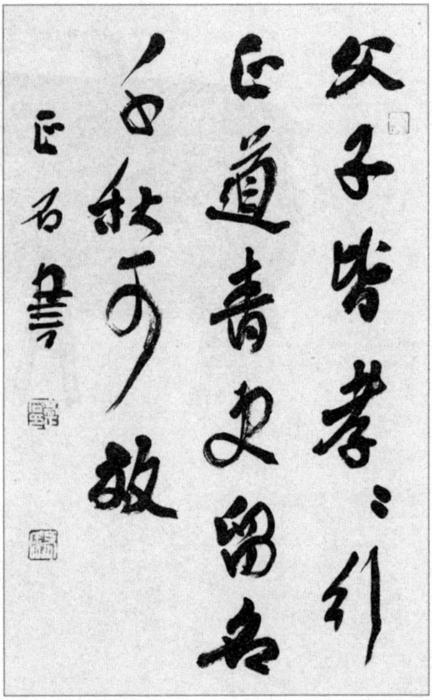
父子皆孝孝行
正道青史留名
千秋可效

四　高真孝心真　甘露白雉集

高湖长子高真，素有德行，恪尽孝道，在当时社会上颇有名望。他们几个兄弟对父母都非常孝顺，居父丧以孝闻名。《魏书》记载："父亡，治丧墓次，甘露白雉降集焉。"当地官员听到此消息后，认为是吉兆，禀报朝廷，皇帝下诏在他家乡树立碑记，以表彰宣扬高真的孝行。高真历任泾州别驾、定安太守等职，多政绩。去世后，朝廷赠封龙骧将军，泾州刺史。事见《魏书》(卷三十二，列传第二十)。

评辞：

为亲守丧，古时不轻。

此俗已废，今人勿行。

御碑

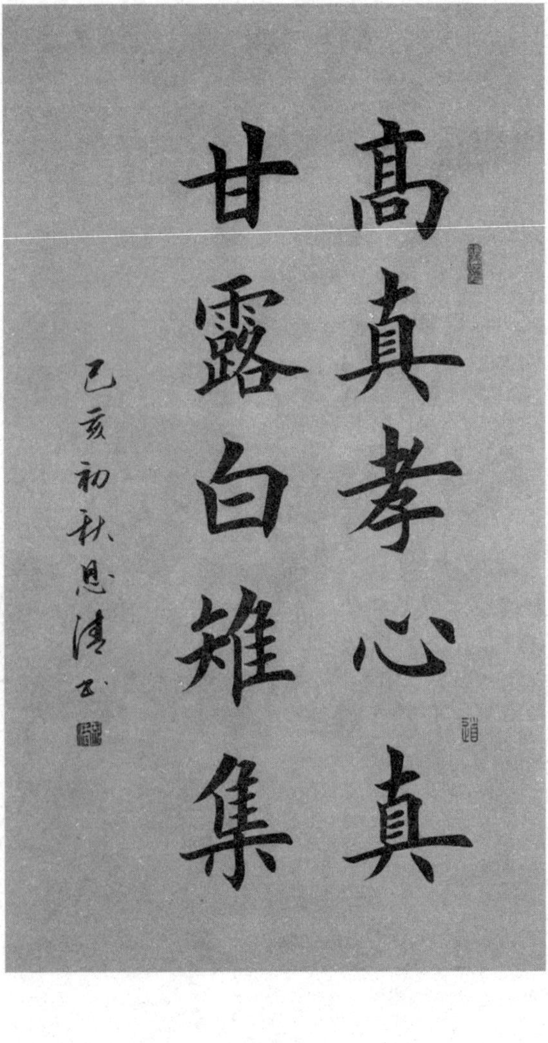
高真孝心真
甘露白雉集

五　后母如生母　事兄如事父

高谦之，字道让，晋时渤海蓨人，驸马都尉高崇长子。年少时母亲去世，父亲续弦又生弟。高谦之对待后母李氏以孝闻名，李氏亦尽心抚育谦之，如同己生，人不能辨其兄弟异母所生。高崇三十七岁时病逝，高谦之对待后母如同亲母，待弟弟亦甚友爱。弟高恭之事兄恭敬。谦之好读书，善思考，专意经史，明天文算历，博学多才，被孝文帝称为不可多得的儒雅之臣，加升宣威将军，任奉车都尉、廷尉丞、国子博士等，以善断案著称于世，著有《凉书》十卷。后上表铸三铢钱，被李神轨陷害赐死，朝士莫不哀之。弟恭之，字道穆，有才干，学涉经史，为御史中尉，外秉直绳，内参机密，纠弹不避权贵，官至卫将军大都督兼尚书右仆射。世人称赞其"父子兄弟并著当官"。事见《北史》(卷五十，列传第三十八)。

评辞：

谦之孝，李氏贤，孝贤嘉音至今传。

弟恭让，兄友谦，名实相称心相连。

31

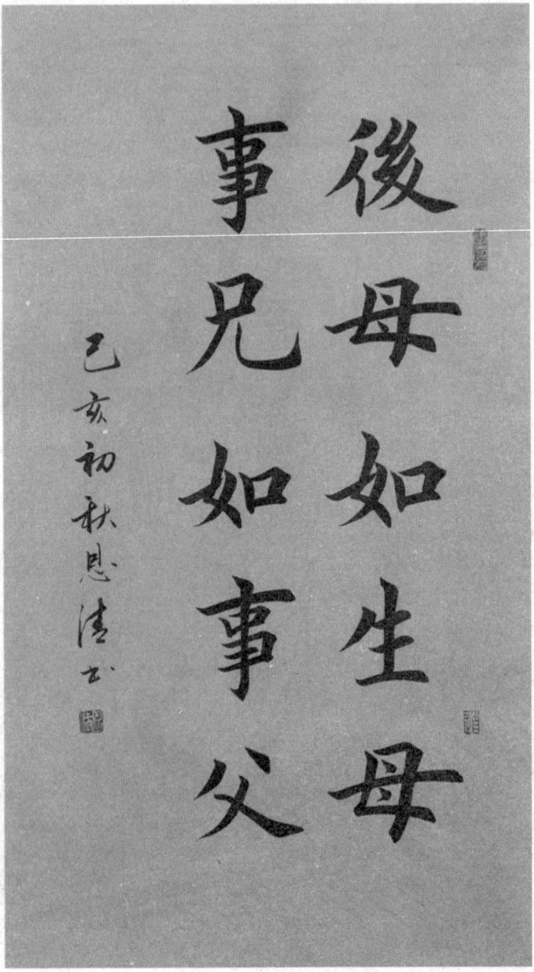
後母如生母
事兄如事父

六　至尊至孝悌　楷模天下闻

北齐孝昭帝高演虽贵为至尊，但在恪尽孝道上也算得上是天下楷模。史称高演“性至孝”。其母娄太后病重居于南宫时,高演衣不解带四十天。金殿距南宫五百余步远,每天鸡鸣就起身前去守护，来回都步行，且亲自为太后煎药熬汤,侍奉饮食。太后病情稍有加重,高演就干脆在南宫过夜,寝食不安。太后常因心绞痛,显得痛苦不堪,高演在床边侍候,急得团团转,以至指甲掐进掌心,血顺着衣袖流下来都没有觉察到。高演对母尽孝道,对诸弟也极为友爱,毫无君臣隔阂。他临终前,遗嘱由九弟高湛继承皇位。事见《北齐书·孝昭纪》。

评辞：

贵为至尊,不忘孝道。

治国齐家,可归一道。

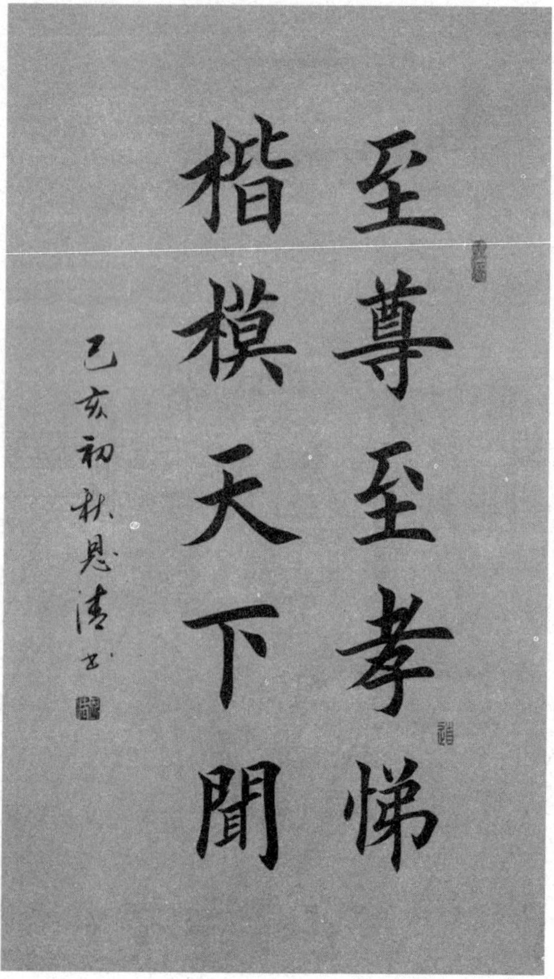
至尊至孝悌
楷模天下間
己亥初秋恩清书

七　认母天生孝　居丧近斋佛

赵郡王高琛，字永宝，北齐高祖高欢之弟。因犯事，被高祖杖死，时年二十三岁，遗孤儿高睿，刚满月。高睿聪慧早熟，特别为高祖所爱，养于宫中，以游娘为乳母，如同诸子。东魏兴和年间(539—542)，高睿袭爵南赵郡公。四岁，不识其母华阳公主。有郑氏，是华阳公主外甥女，向高睿戏说：你是我姨的儿子，因何倒认游氏。高睿因其问，知道了实情，从此精神不愉快。高祖以为他生病，命医来诊。睿说：儿无病苦，听说我有生母，求见一面。高祖令他母子相见。高睿上前跪拜，然后抱头大哭。高祖极度悲伤，说：此儿天生至孝，我的儿子全不及他。高睿初读《孝经》，读到"资于事父"，便痛哭流涕。高睿十岁时母亲去世，高祖亲自护送到领军府，为其母发丧。睿放声尽哀，昏厥在地，三日水浆不入口，其哀情催人泪下。居丧尽礼，吃斋念佛。十七岁时，高睿出任定州刺史，加抚军将军，六州大都督，十八岁加授仪同三司。东魏武定年末(550)，晋封爵为赵郡王，升散骑常侍。事见《北齐书》(卷十三，列传第五)。

评辞：

寻觅生母，孝心至诚。

送终之日，更见高风。

奠

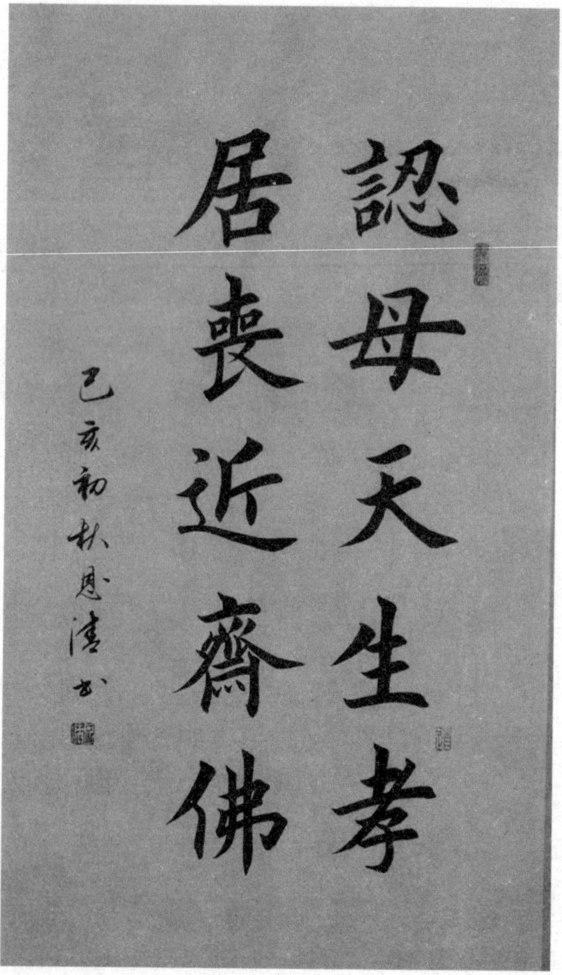
認母天生孝
居喪近齋佛
己亥初秋恩清书

八　居丧不饮食　下诏强进食

高履行，唐初宰相高俭长子，唐太宗之女东阳公主之驸马，袭爵申国公。650年任户部尚书、太常卿、益州大都督府长史，在位期间颇有善政。高履行是个有名的孝子，在居母丧期间，以孝闻名。他由于悲伤过度，饮食不进，唐太宗不得不下诏书，强迫他进食。圣命难违，高履行只好节哀顺变。他的祖父北齐宰相高励也以孝闻名乡里。事见《新唐书》(卷九十五，列传第二十)。

评辞：

孝道可嘉，国事勿忘。

内外须兼，不负君望。

魂歸天上風雲慘
奠
人間草木香

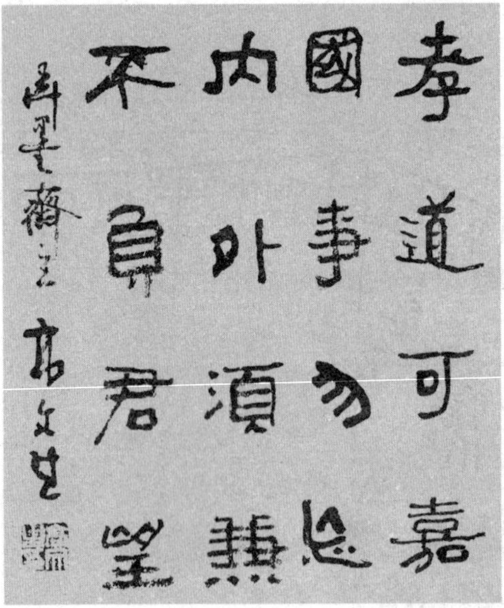
孝道可嘉
國事勿忘
內外須兼
不負君望

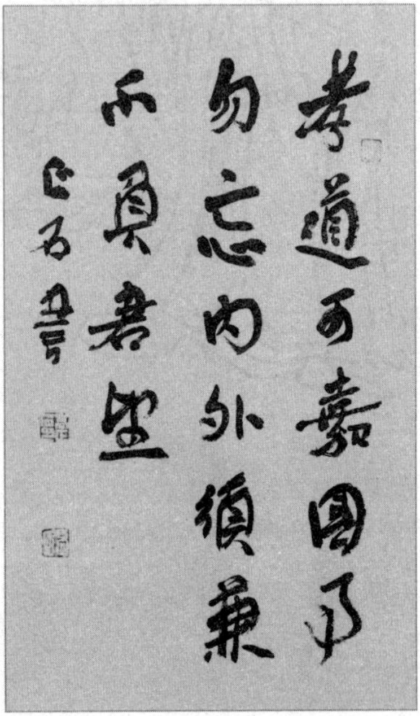
孝道可嘉國事
勿忘內外須兼
不負君望

九 忠孝两全美 母丧礼三年

高冯，字季辅，唐德州蓨县人。少年爱好文学而又武艺高强，对母亲非常孝敬，母亲去世，丁忧期间，守丧三年，以孝闻名。他的哥哥高元道是汲县(今河南卫辉)县令，汲县人造反，高元道被杀。高季辅带领哥哥的部下，活捉杀兄的凶手，斩首以祭其兄之墓。高季辅后投唐朝。唐太宗即位后，授高季辅为监察御史，弹劾有错误的大臣，不畏权贵。又上疏切谏时政得失，唐太宗特赐钟乳一剂，说："卿进药石之言，故以药石相报。"后官至侍中(宰相)，兼太子少保。高季辅五十八岁去世，唐高宗为之举哀，废朝三日，赠开府仪同三司、荆州都督，谥号"宪"。事见《旧唐书》(卷七十八，列传第二十八)。

评辞：

高冯文武兼，事母雪兄冤。

于国能言事，忠孝二者全。

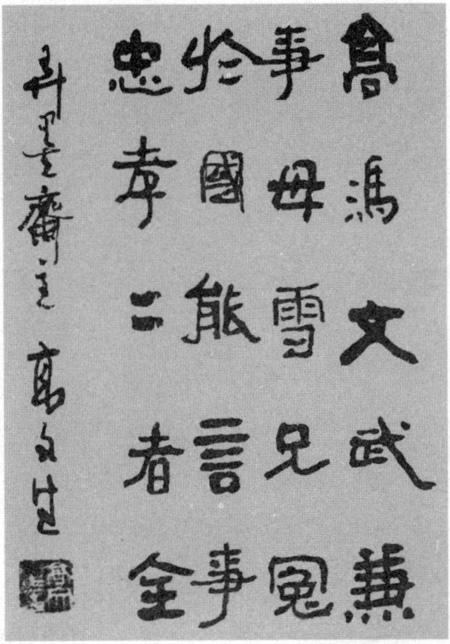
高鸿文武兼
事母雪兄冤
於国能言事
忠孝二者全

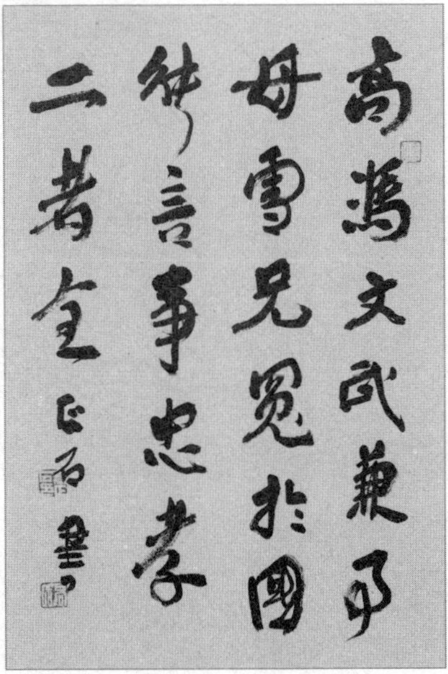
高鸿文武兼事
母雪兄冤於国
能言事忠孝
二者全

十　忠为主效力　孝替父受刑

唐名臣高郢，字公楚，祖籍渤海。九岁通春秋，能文善赋。天宝末年，盗贼占据京城，父伯祥当时任都尉，抵抗叛贼，保卫京城，被捕后将处死刑。高郢当时十五岁，披发解衣，到贼营请求以代其父，释放父亲。贼党以为受他人指使，问高郢：你不怕死吗，为何要自投罗网？高郢说：各为其主，忠也；代父受刑，孝也；家有三代老少，释之仁也。贼首受感动，释放伯祥父子。高郢后进士及第，官至兵部尚书，尚书右仆射致仕。享年七十二岁，赠太子太保，谥号“贞”。事见《旧唐书》(卷一百四十七，列传第九十七)。

评辞：

小小年纪，智勇过人。

机敏救父，言而有文。

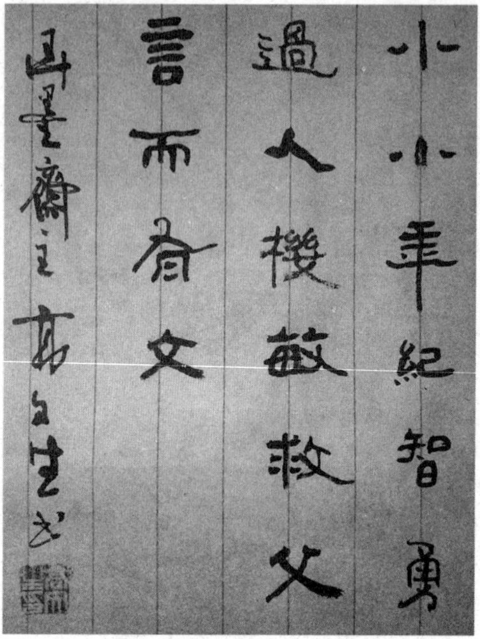
小小年紀智勇
過人機敏救父
言而有文

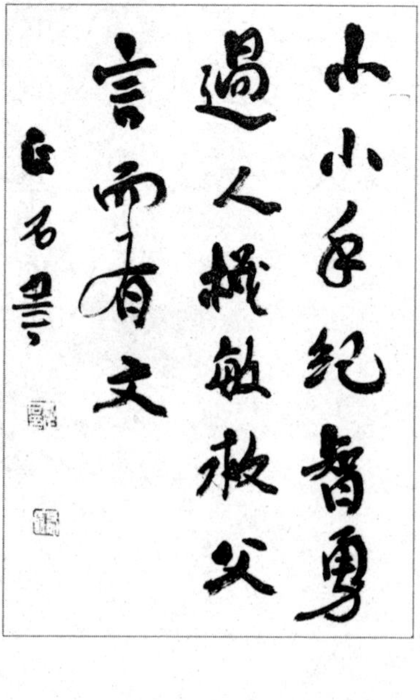
小小年紀智勇
過人機敏救父
言而有文

十一　孝女智仁义 皇帝诏谥愍

高愍女，名妹妹。父亲高彦昭，宗党逆贼纳劝其归顺被拒，于是逆贼留下他的妻子儿女为人质，派他去驻守濮阳。唐朝建中二年（781），高彦昭带着城池归属河南都统刘玄佐，因而人质全被逆贼屠杀。当时他的女儿才七岁，母亲李氏可怜她还年幼，请求免她一死去做婢女，逆贼答应了她的要求，可是女儿不肯，坚定地说："母亲哥哥都不免死，还依靠谁活着？"当母亲和哥哥将要被刑，向四方咸拜时，女儿问为何要拜，母亲说："这是向神祷告乞求。"女儿说："我家为忠，宗党诛夷，四方神祇怎么不知道而还要去拜它？"随问过父亲所在方向，便面向西方痛哭，再拜而后赴死。德宗皇帝对此女很惊叹，下诏由太常博士为此女立谥号为"愍"，许多儒士都争相为她写悼念文章。唐李翱撰有《高愍女传》。高愍女孝智仁义，闻名天下，谁人不为之感动！后来高彦昭随刘玄佐援救宁陵，收复汴州，被授予颍州刺史，朝廷记载了他的忠君事迹。他在颍州任职二十年而未迁调，死后追赠为陕州都督。事见《新唐书》(卷二百五，列传第一百三十)。

评辞：

小女言行足可夸，不信神灵信吾家。

唐风一代堪撷取，理性千秋尚有华。

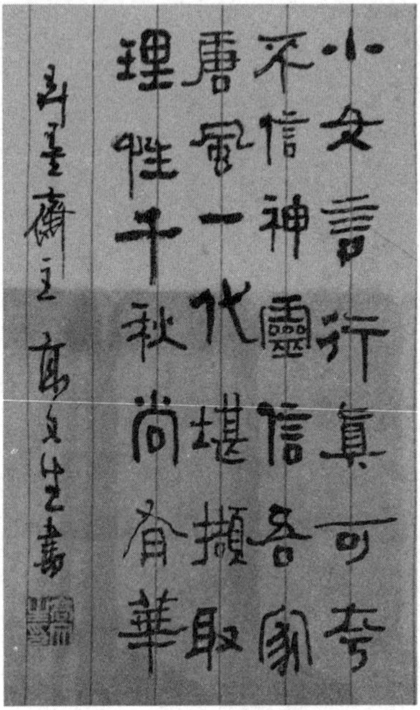
小女言行真可夸
不信神靈信各家
唐宋一代堪擷取
理性千秋尚有華

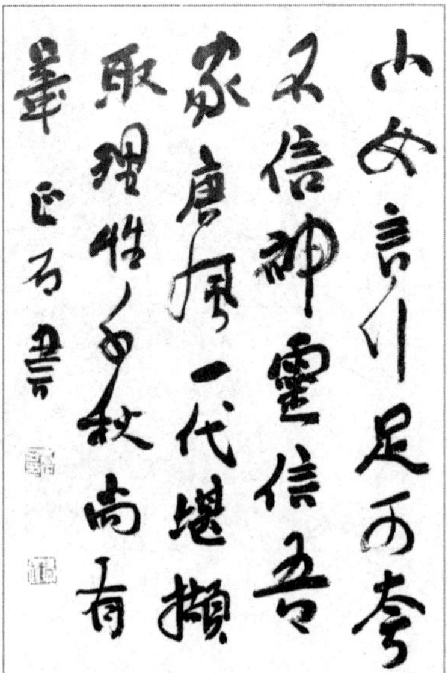
小女言行足可夸
不信神靈信各
家唐宋一代堪擷
取理性千秋尚有
華

十二　相为母治病　孝研医成名

宋代名臣高若讷，字敏之，并州榆次（今属山西）人。考中进士后，任官多有政绩，步步高升，官至工部侍郎、枢密使、参知政事。高若讷强学善记，秦汉以来各史传记无不精熟，尤喜申、韩、管子之书，还懂得历法。由于他母亲长期患病，高若讷遍请各地名医为其母治病，病情反而加重。于是，他深入钻研张仲景《伤寒论》，孙思邈《方书》《外台秘要》等经典名著，终于治愈母亲的顽疾，连皇宫御医都十分钦佩。因医术高明，当时的名医多承袭其学。事见《宋史》（卷二百八十八，列传第四十七）。

评辞：

为医亲人病，悉心读医书。

精诚开金石，千古魂不孤。

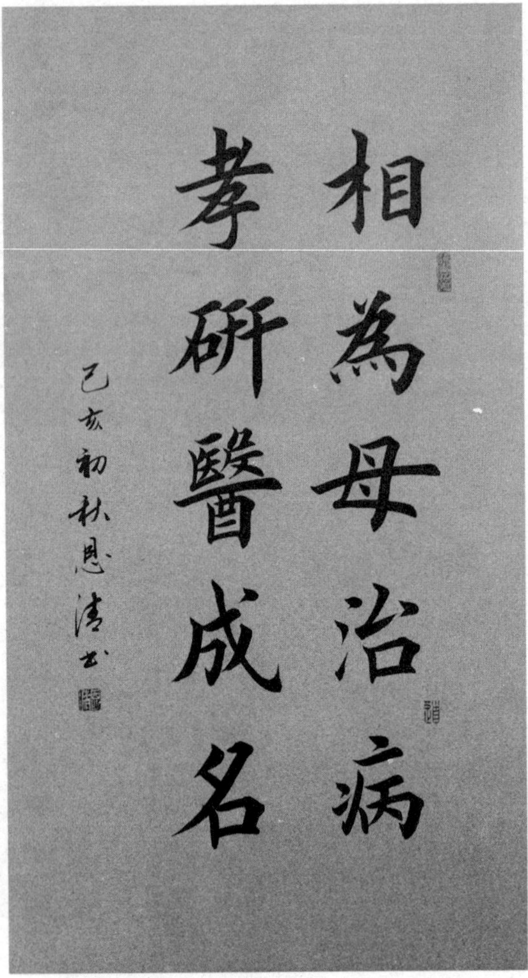
相為母治病
孝研醫成名

十三　孝心动天地 获鹿又感鱼

南宋福建名儒高登，字彦先，号东溪，以忠孝著称。他是当时抗金名将岳飞的儿女亲家，在政治上与岳飞志同道合，积极主张抗金复土，反对奸相秦桧的卖国行径，最后被迫害致死。传说有两则故事：一是老虎送鹿。在古县，高母生病想吃鹿肉。高登事母至孝，终日为买鹿肉而奔波。孝心动天地，夜有老虎含鹿放在门前。高母发现门前有受伤的小鹿，非常漂亮，痛爱它。高母说：我见小鹿后，病好了。把它养起来，给它治伤。在高母精心护理下，小鹿伤势痊愈。有门生问高母，小鹿何故流泪？高母说：思念母亲。于是将它放归大自然，让它回到母亲身边。放生时疾跑如飞，突又回到高母身边，连续三次才离去，成为千古奇谈。这就是获鹿的典故。二是孝心感鱼。高登自小奉侍母亲极其孝顺，曾经乘船回漳浦老家，被狂风阻拦在封康一带，正挂念母亲没有早餐菜肴，忽然有鱼跳入船舱。高母是住海边的人，可也没有见到过这么美丽的鱼，就把它回养起来，放生在古镇港。这条母鱼在此繁殖后代，从此，漳浦海域又增加一种鱼，叫鲈鱼。鲈鱼味美可口，是人们的美食佳肴。这就是朱熹为高东溪祠堂撰写祠联“获鹿感鱼千秋称孝子”的典故。事见《宋史》(卷三百九十九,列传第一百五十八)。

评辞:

莫道事不经,犹可见人情。

慈悲能悯物,不负天人明。

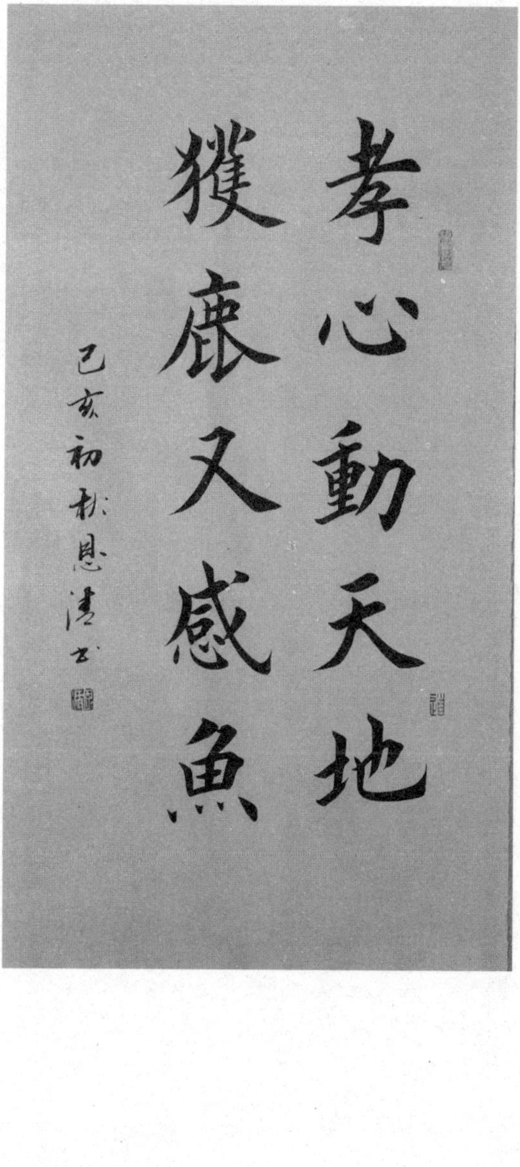
孝心動天地
獲鹿又感魚

十四　侍母求辞官　奉父不解带

高定子，字瞻叔，蒲江人。南宋嘉泰二年（1202）中进士，任郪县主簿，后调任中江县丞。他是个忠孝兼顾的典型代表人物。母亲病时，他请求解除官职，回家侍奉母亲；父亲患病后，他衣不解带达六十天，终日为父亲寻医服药，在旁侍候。父去世守丧三年，因过度悲伤而瘦得只剩下一把骨头，伤期满后，任丹棱令、太府少卿、太常少卿兼国史编修、礼部侍郎等职。高定子因孝得福，不仅官运亨通，官至端明殿学士签书枢密院事，兼权参知政事，而且热心办学，勤于著述。先后办起了夹江同人书院、长宁书院等，曾参与《孝宗宁宗日历》及国史的编修工作，著有《存著斋文集》《经说》《奏议》等多部。卒后，追赠少保。事见《宋史》（卷四百九，列传第一百六十八）。

评辞：

文人学士，自当明理。

事亲育人，身体力行。

奠

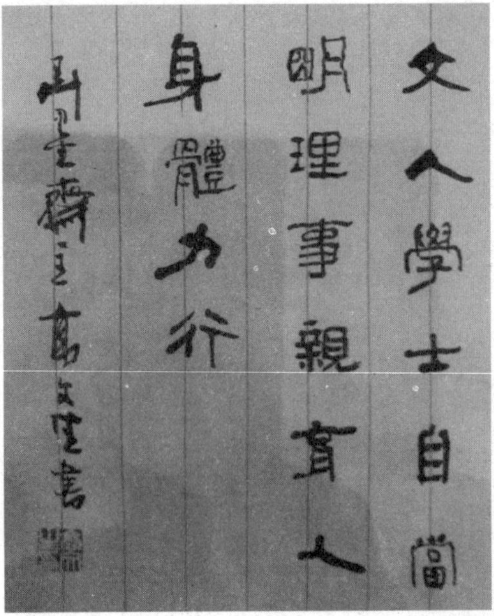
文人學士自當
明理事親育人
身體力行

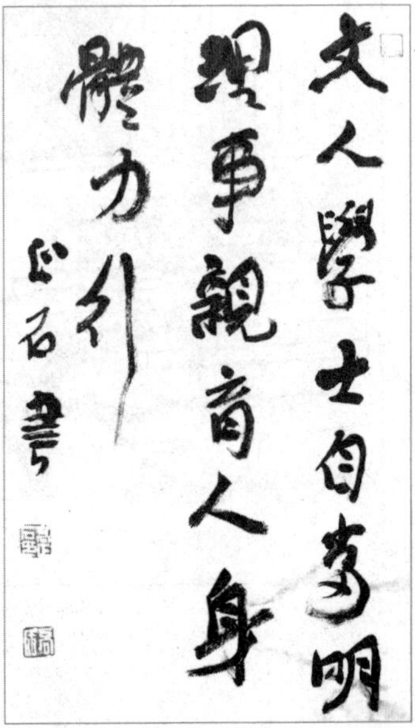
文人學士自當明
理事親育人身
體力行

十五　必达寻父回　心诚感道院

高必达,元代建昌(今江西南城)人。五岁时,其父高明大突然离家出走,不知去向。高必达长大后,日夜思念,娶妻在家侍奉母亲,自己四处寻父。十余年后,终于打听到黄州全真道院一位道士叫虚明子,已学道三十年,本姓高,建昌人。高必达马上赶去拜见,述说自己的家世和出生年月日,以及祖父母的丧葬过程,痛哭叩头不止。虚明子却闭目端坐,不仅不理会,还假作镇静地说:“我不是你的父亲,你为啥还不走?”高必达还是硬留在他身旁殷勤伺候,死活不肯离去。必达孝行至诚感人,虚明子的徒弟也受到感动,说:“师父有这样的儿子,还忍心不回去吗?”虚明子终于认子回家了。此后,高必达一家和睦完满。高必达极尽孝心,邻里们都啧啧称赞。事见《元史》(卷一百九十八,列传第八十五)。

评辞:

必达通达,请父还家。

名满乡里,事迹可嘉。

全真道院

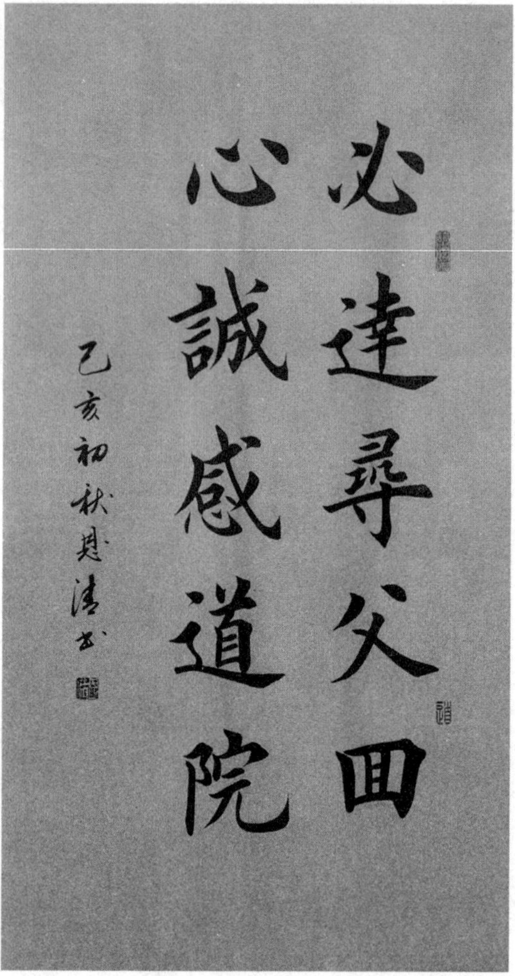
必達尋父回
心誠感道院
乙亥初秋題清書

十六　巍荒岭素食　孝守墓三年

高巍,字不危,明代辽州(今山西左权)人。他自幼勤奋好学,博览群书,学宗孔孟,推崇程朱理学,崇尚气节,善写文章。他的母亲萧氏患了一种难治的疾病,高巍左右侍奉母亲一直到母亲病逝,无丝毫怠懈。母亲去世后,他在荒岭素食守墓三年。洪武中期,明太祖下诏表彰他的孝行,並奖励他一定的官职。将他由太学生提拔为前军都督府左断事。事见《明史》(卷一百四十三,列传第三十一)。

评辞:

事亲守孝,精神可嘉。

荒素三年,实不可取。

高公

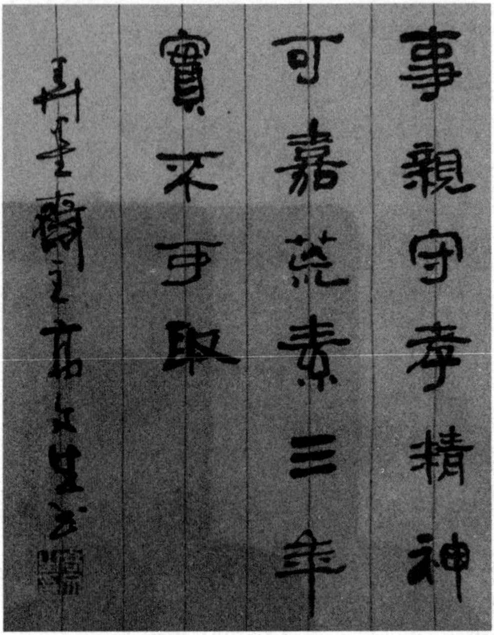
事親守孝精神
可嘉荒素三年
實不可取

事親守孝精神
可嘉荒素三年
實不可取

十七　泣墓庐三年　旌孝义传家

明天顺年间，庐州府（今安徽合肥）高姓创业始祖——唐宰相高士廉、宋重臣高若讷后裔高文病逝，其次子高兴，在父墓旁搭建茅庐守孝三年，哭泣得眼鼻流血，感天动地，誉满乡里，传至京城朝廷，圣旨旌表，封兴公为孝义公，许建牌坊，御笔亲题"孝义传家"匾额，封其居为"孝义巷"（在合肥小东门），封其祠为"孝义祠"（现保留在合肥小东门，残留的祠屋，1985 年 7 月 12 日被合肥市人民政府命为 "合肥市重点文物保护单位"），封其堂为"孝义堂"（后为合肥高家祠堂的堂号）。对此，《明史》（卷二百九十六，列传第一百八十四）记载："高兴，事亲至孝。兴父殁，庐于墓，有鸟巢坟树，号哭，辄悲鸣以助其哀。兴服阕归，有百鸟随后，翔集其宅，良久方去。"合肥孝义堂的楹联为：孝道齐天地，义声播千古。合肥高氏族谱把孝义列为祖训族规。（高荣清根据家谱与先辈传说编撰）

评辞：

孝义传家，誉满乡里。

圣旨旌表，题匾建坊。

孝义传家
孝道齐天地

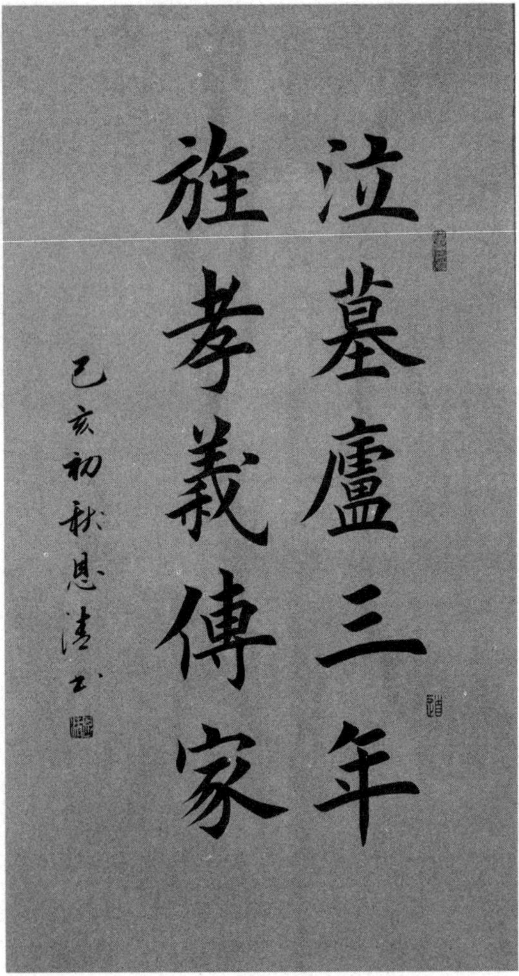
泣墓廬三年
旌孝義傳家
乙亥初秋恩清書

十八　伏墓泣护坟　河水绕道行

高尚学，明代山东省菏泽县人。据山东《曹县志》记载，高尚学的父亲去世后，他在墓边盖了一所简易的房屋，守墓三年，自己背土为父亲堆起了坟。当时黄河水泛滥，他担心父亲的坟墓被河水淹没，就伏在墓上号哭，结果河水绕西折而北行，使他父亲的墓得以完好无损，当地人都说河水也被他的孝行所感动。他的母亲去世后，高尚学也是守墓三年，在他守墓期间，白鹊、雉鸡都在他的房屋旁筑巢陪伴他。1567年(隆庆初年)，明穆宗授以鸿胪寺卿。五年后又出为内乡典史，年八十二卒。

评辞：

行孝精神可赞，感天动地可叹。

彼时彼人彼行，今当莫从妄云。

先考高公之墓

考高公府君
妣高門王氏

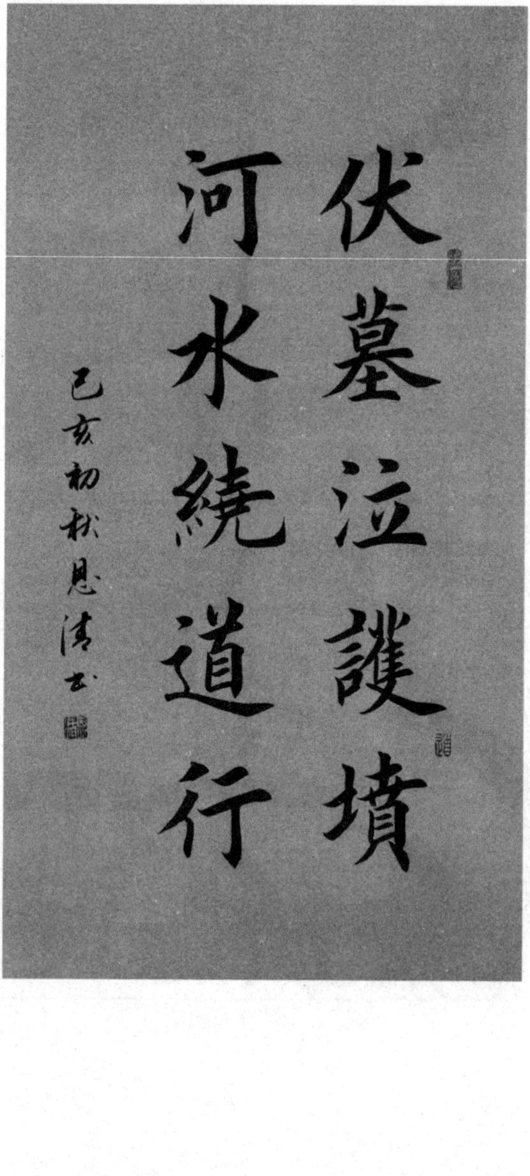
伏墓泣護墳
河水繞道行
己亥初秋

十九　割肱疗母病 年幼孝感天

高孝子，明代宣化坊人。父高配阳早逝，留下年幼的孝子和高腾兄弟两人，由母刘氏抚育成人。孝子对母亲真爱至孝，精心侍奉。万历十三年(1585)五月，母亲病重，数日不咽饮食。年幼的孝子，求医祈神无效，想到古有割股愈亲后说："用母生我的骨肉，还治母体，可能有疗效吧？如果不敢割股，还谈什么孝呢？"遂素洁身心告天，躲在暗室，操刀割左臂肉不下，用口咬断，却不痛，不出血，俨然有神助。孝子亲自烹调敬母说："煮的鹿肉，母亲尝尝。"母食后，随饮汤粥，渐渐康愈。太守杨公闻之，念其幼而知孝，孝且难能，上书台省，举荐高孝子为孝廉，挂匾表彰。(事见《保德州志·艺文》)

评辞：

割肉医母，彼时愚昧。

孝心可嘉，剔糟取华。

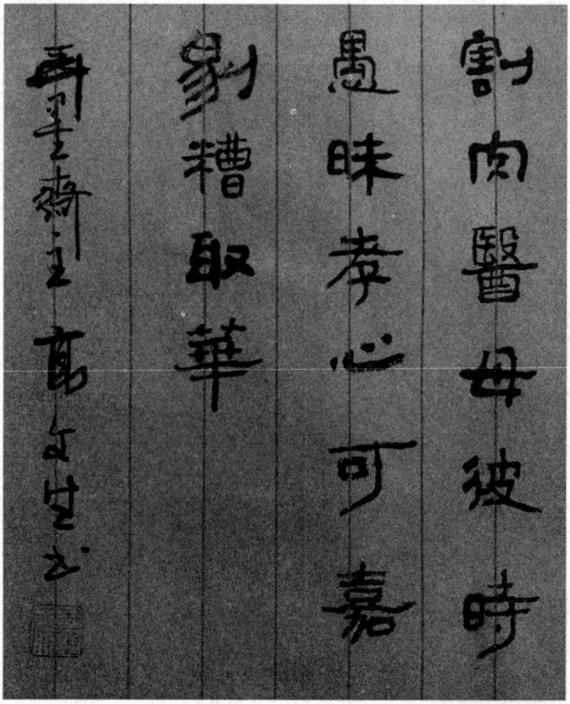
割肉醫母彼時
愚昧孝心可嘉
剔糟取華

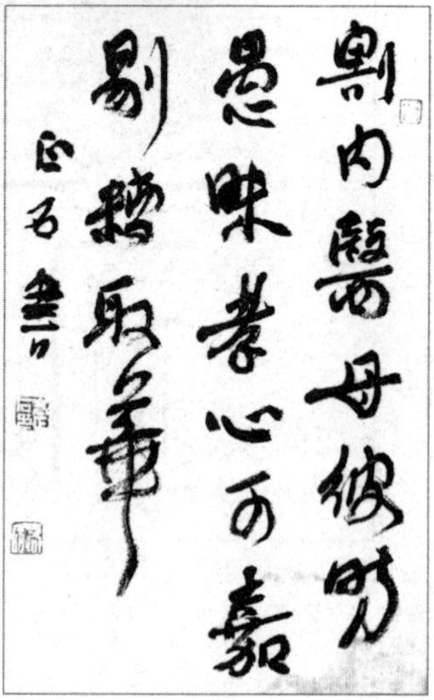
割肉醫母彼時
愚昧孝心可嘉
剔糟取華

二十　送婆后葬亲　孝女载史册

明朝高氏女，武邑（今河北济州）人，嫁陈和为妻。陈和早逝，高氏主持家务，对待公婆极为孝敬。到宣德年间，公婆相继去世，高氏以礼殡葬，她当时已年过半百。丧毕，她哭着对其子刚儿说："我的父亲，洪武年间举家客居河南虞城。不久父亲去世，暂且葬城北，我母亲用枣木做成小车轮框陪葬，来日好辨认。我回到家，母亲回老家后也已去世，我弟软弱不能，没能迁回父亲的灵柩与母亲合葬。你母三十年来不敢说起此事，因为你祖父母健在，要朝夕侍养她们。今大事已完结，我要去带我父的遗骸回老家与母一起合葬。"刚儿恭敬应答，随母亲到虞城。找到葬地，冢墓众多不能辨认。高氏以发系马鞍逆行，从早到晚，当走到一小冢时，突然鞍重不能前行，即开其冢，所见小车轮框，真像旧日情景。远近观看的人都觉得奇怪，动手帮助迁墓，运回老家，然后开母穴与父同葬。事见《明史》（卷三百一，列传第一百八十九）。

评辞：

好女好媳，孝女载史。

仁义至善，千古颂传。

海是龍世界
雲是鶴家鄉

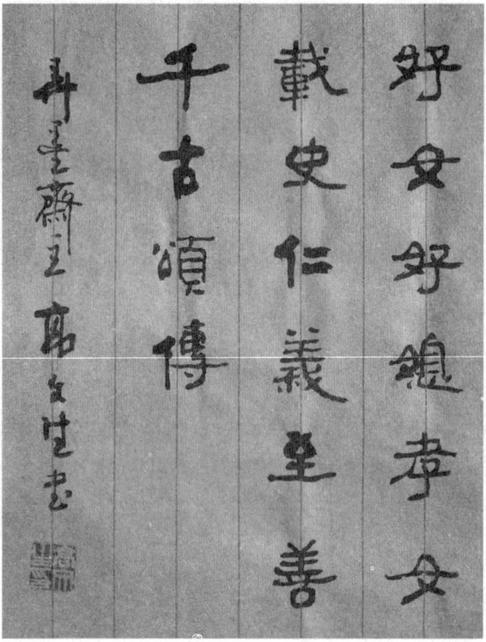
好女好媳孝女
載史仁義至善
千古頌傳

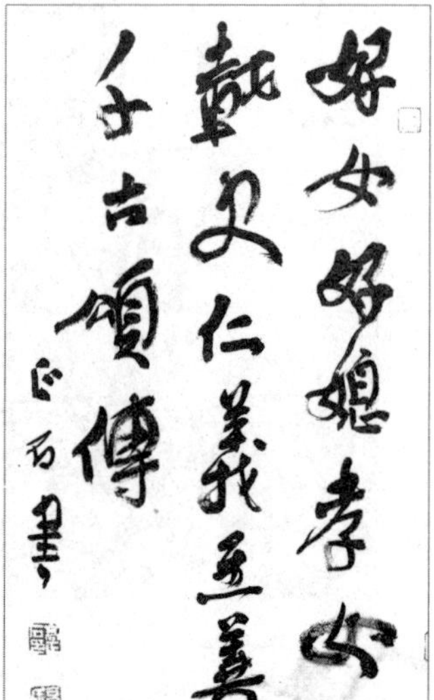
好女好媳孝女
載史仁義至善
千古頌傳

二十一　少年高廷标　割股疗父病

高廷标，清代人，自幼聪慧，记性过人。年十七，父亲病重，医药不见效。廷标多方祈祷祝告，但事与愿违。想到古人有割股疗亲病之说，于是怀揣利刃到无人处，割下一块股肉，投于煎剂中做药引，并泣拜天地，愿以己身替代，祈祷父亲康复。典型事例，感动清同治科进士倪寅科，倪君撰写《廷标高君传》一文。事见光绪三十年(1904)修的《高家尖高氏续修宗谱》。

评辞：

宗法思想有昧愚，慎判同殊思古今。

治疗父病尽孝心，崇尚孝道可肯定。

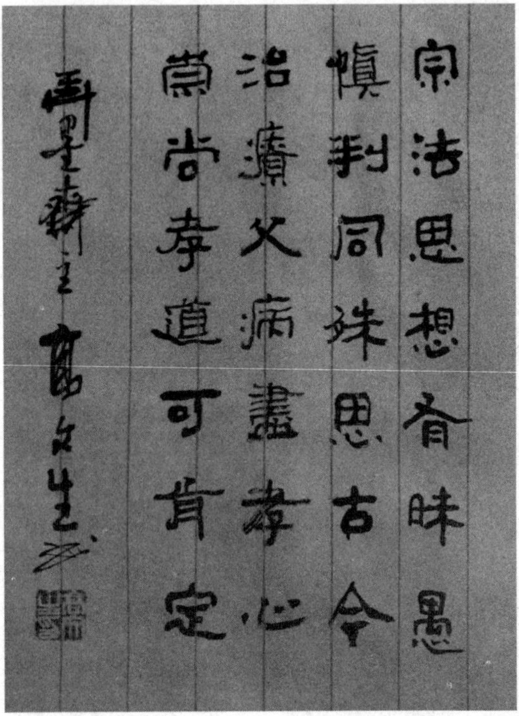
宗法思想有昧愚
慎判同殊思古今
治療父病盡孝心
崇尚孝道可肯定

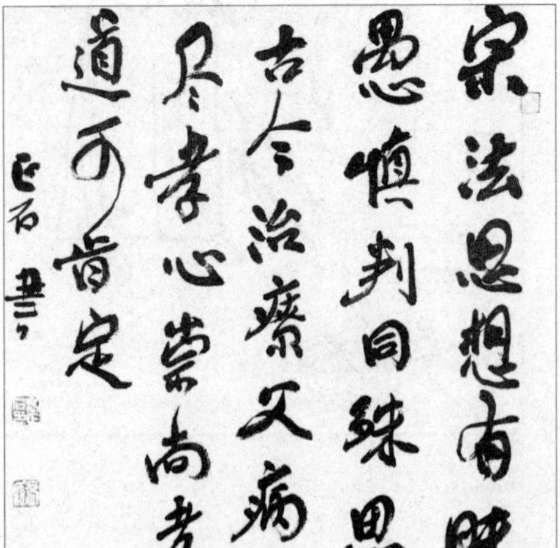
宗法思想有昧
愚慎判同殊思
古今治療父病
尽孝心崇尚孝
道可肯定

二十二　孝建望亲庐 名人敬题诗

清代康熙年间,高晤之父弃家远行。高晤童年事母极其孝顺,朝夕侍候,直至送终。成年后,悲痛父亲不能回家,到各地名山大川寻找四十年,始终得不到父亲死活的消息,于是在母亲墓侧建望亲庐,以行父亲在世之礼。天下都知道高晤的孝行。雍正元年(1723),地方官员奉旨表彰高晤的孝行。当时很多公卿名人前往望亲庐题诗作赋。安溪大学士李光地在其堂题写“纮垓壮志”“望亲”。其题咏诗由何焯书丹,立于望亲庐。

评辞:

寻父志坚,望亲欲穿。

至孝至诚,公卿颂赞。

望亲庐

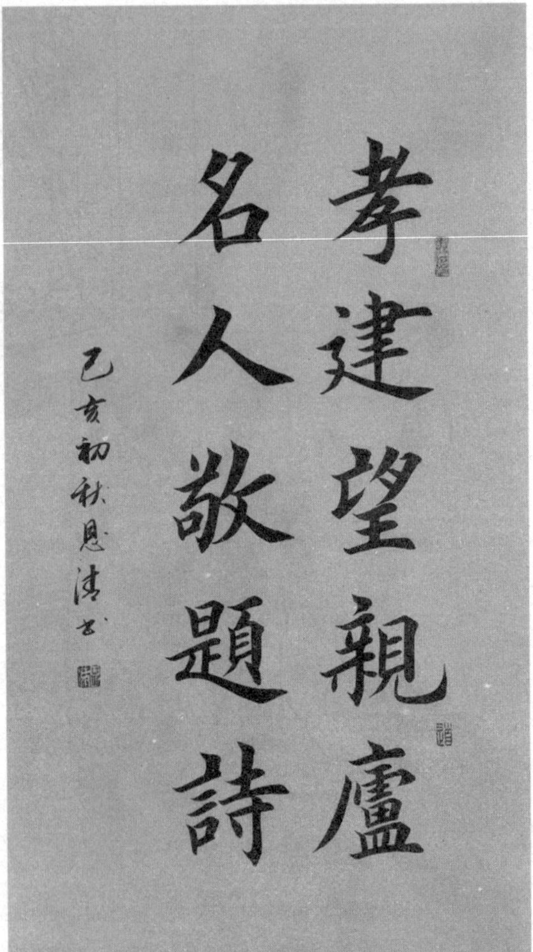
孝建望親廬
名人敬題詩
己亥初秋恩清书

二十三　贞节高孝女　育弟续香火

无锡贞孝高氏女有两个姐姐,均早已出嫁,她与弟弟一起在父亲任教的私塾里读书。高氏女生性聪颖,过目不忘,而其弟弟因贪玩常受到父亲的责罚。每当父亲责罚弟弟,她都代受其过,然后私下耐心劝导弟弟用心读书,因此弟弟痛改前非,学习努力。后来发生战乱,家舍被烧,弟弟也不知踪影。父母过度悲伤而投井自杀。高氏女悲愤欲绝,一度产生投入溪水,随父母而去的念头,但想到父母尸骨未殓,弟弟又不知生死,便独力安葬父母,修筑草房,日日祈神,望弟弟平安回家。但弟弟终究没有回来。为了延续父亲的后嗣,她与伯伯商量, 以堂弟过继本家香火。高氏女含辛茹苦,对(堂)弟悉心培养。但她自己终因心力交瘁,劳力过度,几年后病故。《晋陵高氏大通谱》(1926 年修)载录,澄江人沈宝相于光绪三十年撰有《贞孝女高小姐传》,事见《中华姓氏谱·高姓卷》。

评辞:

亲亡家破,孝女心强。

贞节爱心,奉献一生。

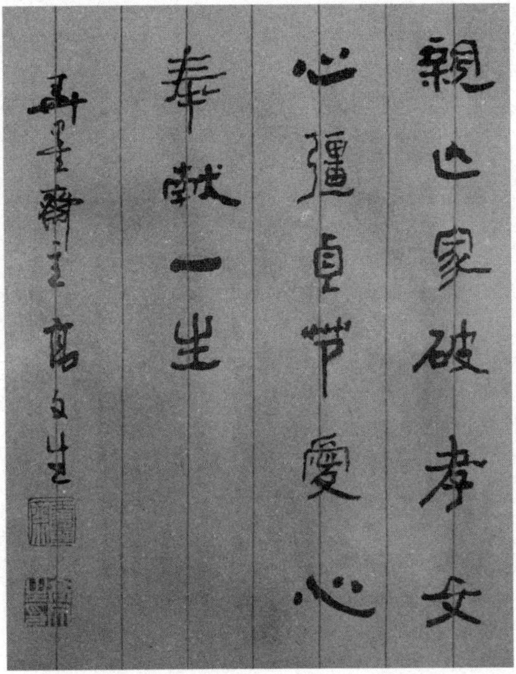
親亡家破孝女
心彊貞节愛心
奉獻一生

親亡家破孝女
心彊貞節愛心
奉獻一生

二十四　丕祺著忠孝 万里运父柩

高丕祺，字寿庵，号春山，清末甘肃条城人。性情憨直，为人耿介，擅长易学。适逢广西贼盗四起，兵祸连天，百姓苦不堪言。其父签分礼部主政高鸿儒进士，临危受命，部铨广西荔浦县、天河县县令。兰州到广西，关山重隔，为照顾父亲，丕祺跟送赴任。高鸿儒到任后，不畏艰险，即投入平匪治乱、训练团丁、兴建工事、领兵作战的大任之中，政绩卓著，受到朝廷褒奖。因殚精竭虑，他积劳成疾，一病不起。丕祺侍奉左右，毫无懈怠，极尽人子之道。咸丰十年(1860)十月恪尽臣节，殁于任上。丕祺问关万里，出生入死，历尽艰辛，历时十一载，奔波于两广，将父亲高鸿儒灵柩从广西天河县运回家乡——兰州府条城的孝举，成为清时轰动一时的"忠孝列传"，成为人们教育子孙"重纲常，祭祖宗，孝父母，敬长上"的典范。事见高通海撰《高丕祺万里运父柩归乡记》。

评辞：

随父赴任，侍奉左右。

万里运柩，列传忠孝。

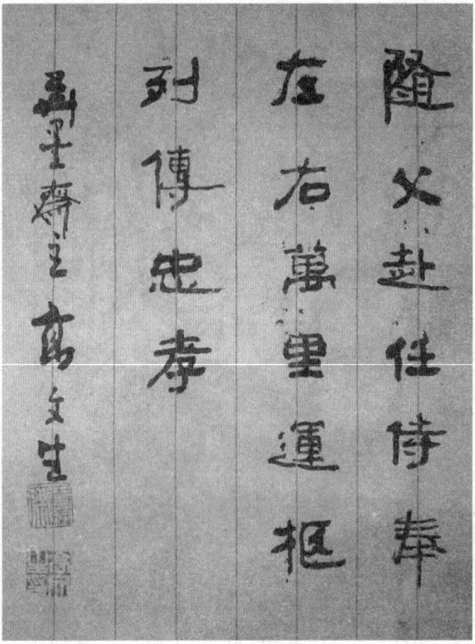
隨父赴任侍奉
左右萬里運柩
列傳忠孝

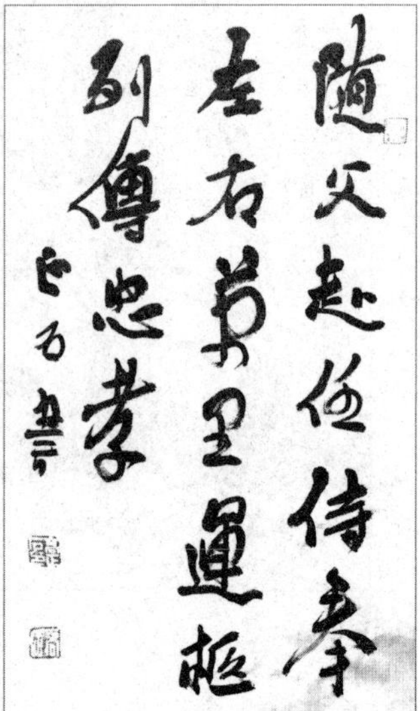
隨父赴任侍奉
左右萬里運柩
列傳忠孝

新二十四孝

2012年8月13日，由全国妇联老龄工作协调办、全国老龄办、全国心系系列活动组委会共同发布新版“二十四孝”。

2018年12月29日，《中华人民共和国老年人权益保障法》通过第三次修正，其中第十八条精神慰藉的相关规定也被人们称为“常回家看看”，引起社会巨大关注。

全国老龄办副主任，全国心系系列活动组委会副主任吴玉韶表示，新“二十四孝”行动标准与旧“二十四孝”形成对比，就是想告诉大家，时代的脚步在不断向前迈进，“我们对‘孝’文化的理解，既要传承又要有创新”。

新“二十四孝”行动标准：

1、经常带着爱人、子女回家

2、节假日尽量与父母共度

3、为父母举办生日宴会

4、亲自给父母做饭

5、每周给父母打个电话

6、父母的零花钱不能少

7、为父母建立“关爱卡”

8、仔细聆听父母的往事

9、教父母学会上网

10、经常为父母拍照

11、对父母的爱要说出口

12、打开父母的心结

13、支持父母的业余爱好

14、支持单身父母再婚

15、定期带父母做体检

16、为父母购买合适的保险

17、常跟父母做交心的沟通

18、带父母一起出席重要的活动

19、带父母参观你工作的地方

20、带父母去旅行或故地重游

21、和父母一起锻炼身体

22、适当参与父母的活动

23、陪父母拜访他们的老朋友

24、陪父母看一场老电影

中華高姓廿四孝故事
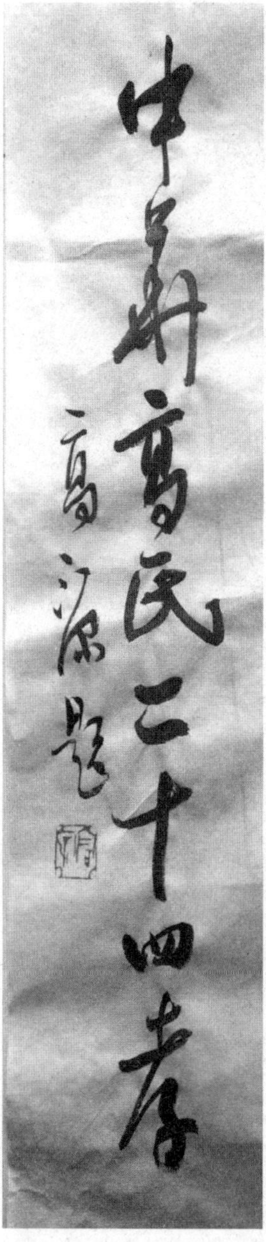

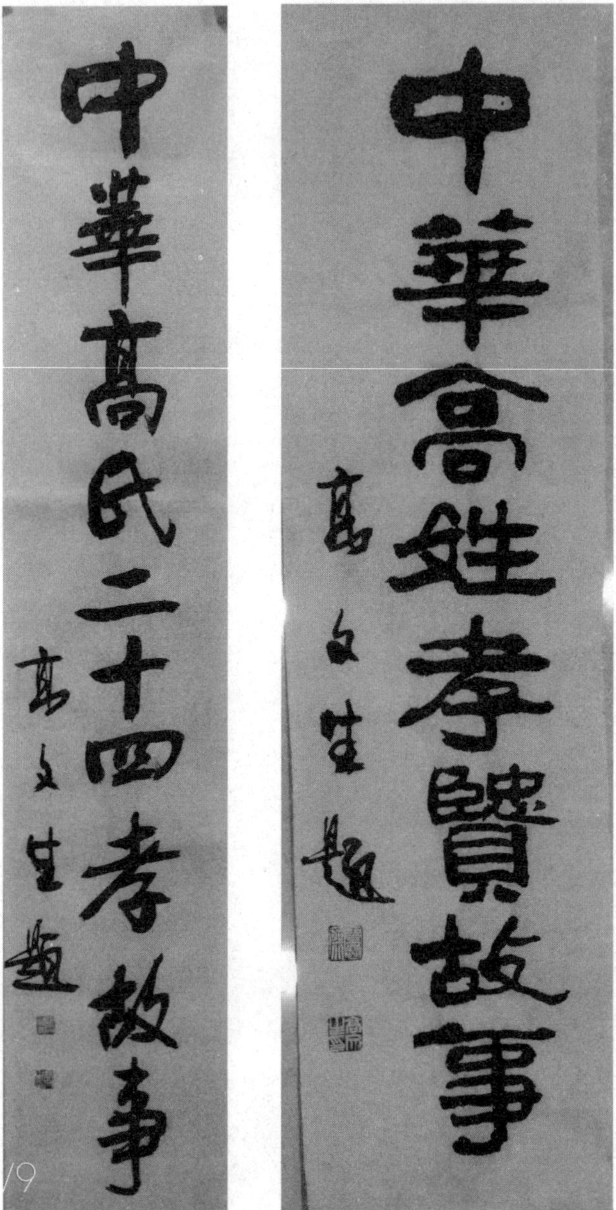
中華高姓孝賢故事
高文生題
中華高氏二十四孝故事
高文生題

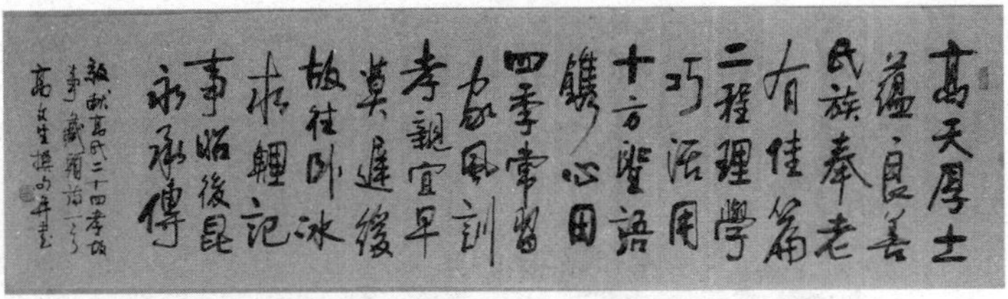
高天厚土
蕴良善
民族奉老
有佳篇
二程理学
巧活用
十方圣语
镌心田
四季常留
家风训
孝亲宜早
莫迟缓
故往卧冰
求鲤记
事昭后昆
永承传

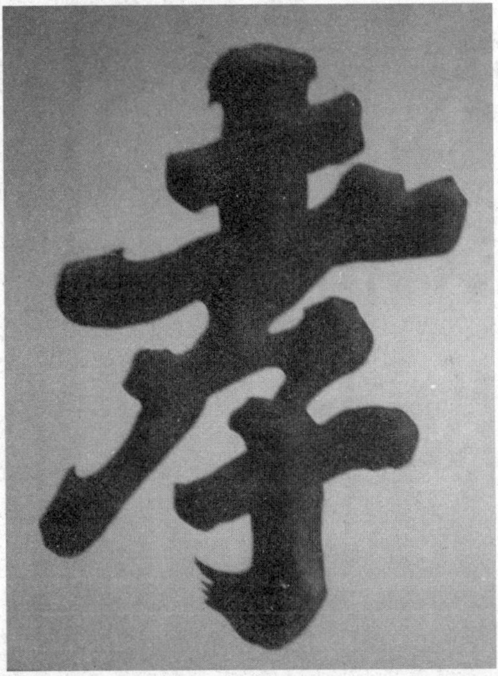
孝

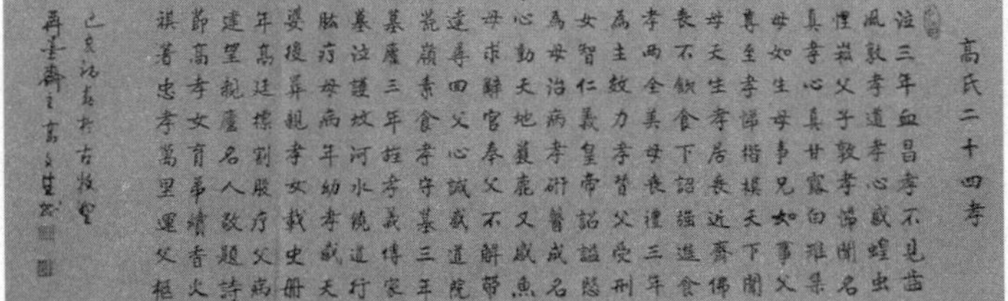
高氏二十四孝
柴泣三年血昌孝不見齒
家風敦孝道孝心感蝗虫
晋惟崇父子敦孝悌聞名
高真孝心真甘露白雉集
後母如生母事兄如事父
至尊至孝悌楷模天下聞
為母天生孝居喪近齋佛
居喪不飲食下詔強進食
忠孝兩全美母喪禮三年
忠為主效力孝替父受刑
孝女智仁義皇帝詔謚慈
相為母治病孝研醫成名
孝心動天地蘆鹿又感魚
侍母求解官奉父不解帶
必達壽四父心誠感道虎
魏荒嶺素食孝守墓三年
泣墓廬三年旌孝義傳家
伏墓泣護柩河水繞道行
割股療母病年幼孝感天
送嫂撫異親孝女載史冊
少年高廷標割股療父病
孝建望親廬名人欽題詩
貞節高孝女育弟續香火
丕祺著忠孝萬里運父柩

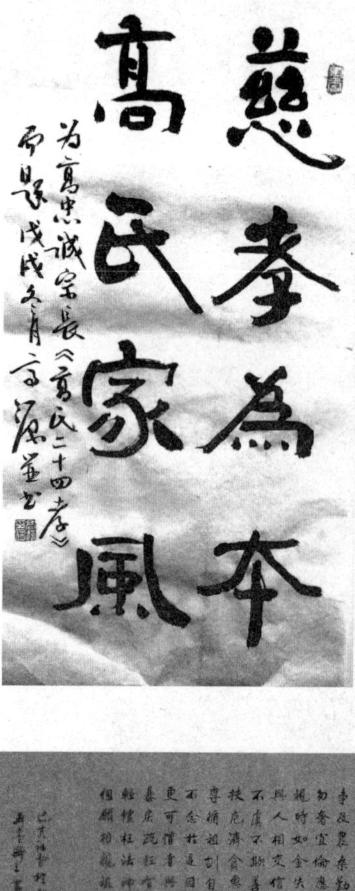
慈孝為本
高氏家風
为高忠诚宗长《高氏二十四孝》

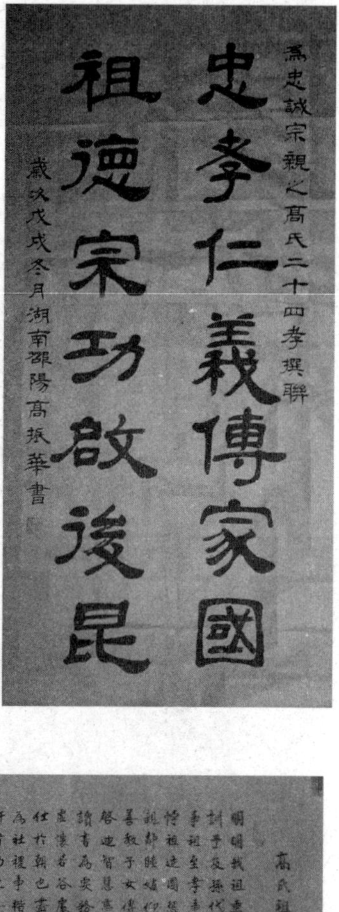
為忠誠宗親之高氏二十四孝撰聯
忠孝仁義傳家國
祖德宗功啟後昆
歲次戊戌冬月湖南邵陽高振華書

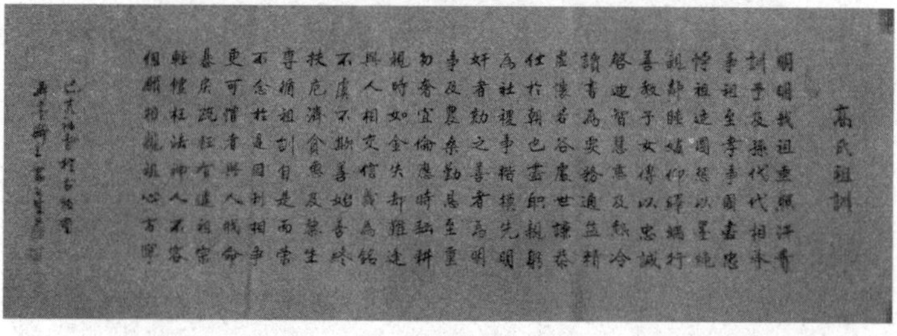
高氏祖訓

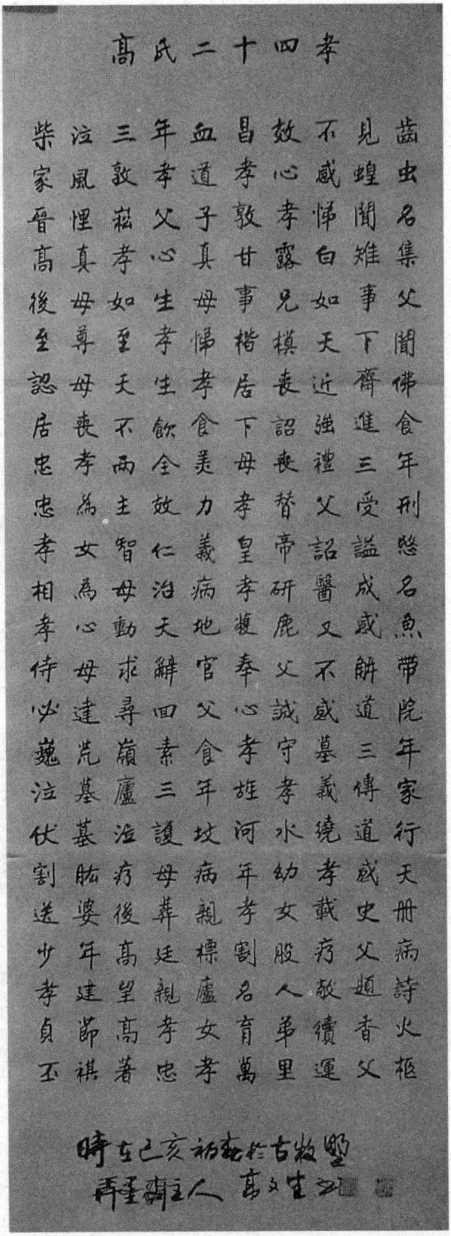
高氏二十四孝
蟲虫名集父聞佛食年刑悠名魚帶陀年家行天册病詩火柩
見蝗聞雉事下齋進三受謚成感餅道三傳道感史父題香父
不感悌白如天近強禮父詔醫又不感墓義繞孝載疗敬續運
效心孝露兄模喪詔喪替帝研鹿父誠守孝水幼女股人弟里
昌孝敦甘事楷居下母孝皇孝獲奉心孝雄河年孝割名育萬
血道子真母悌孝食美力義病地官父食年坟病親標廬女孝
年孝父心生孝生飲全效仁治天緋回素三護母葬廷親孝忠
三敦菽孝如至天不兩主智母動求尋嶺廬治疗後高望高著
泣風悝真母尊母喪孝為女為心母達荒墓墓胠婆年建節祺
柴家晉高後至認居忠忠孝相孝侍必巍泣伏割送少孝貞玉
時在己亥初秋於古牧墅
青墨齋主人 高文生

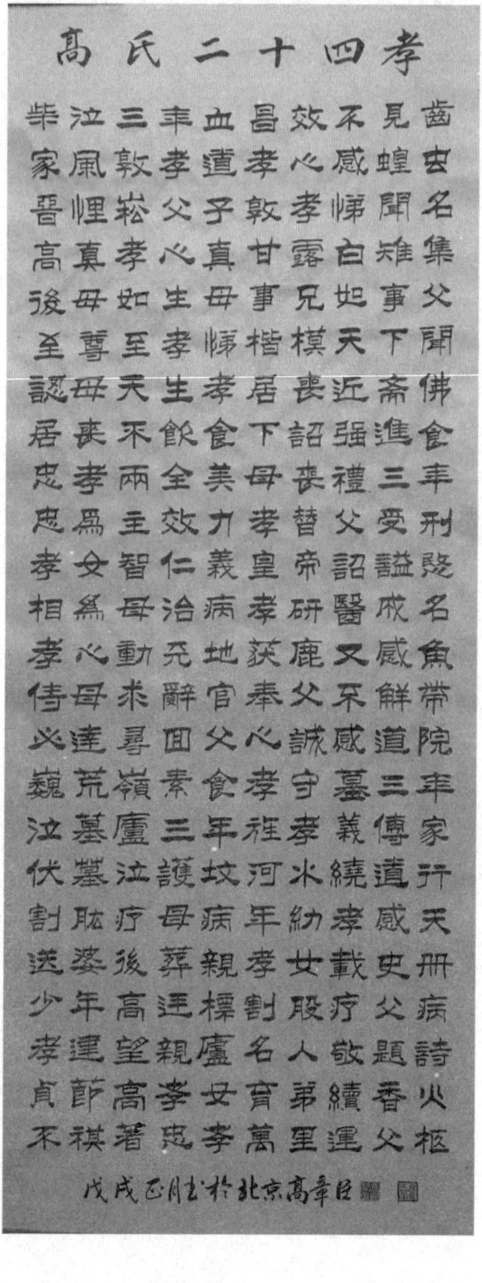
高氏二十四孝
齒虫名集父聞佛食年刑髮名魚帶院年家行天冊病詩火柩
見蝗聞雉事下齋進三受謚成感鮮道三傳遺感史父題香父
不感悌白妲天近强禮父詔醫又不感墓義繞孝載疗敬續運
效心孝露兄模喪詔喪替帝研鹿父誠守孝氷幼女股人弟里
昌孝敦甘事楷居下母孝皇孝獲奉心孝旌河年孝割名育萬
血遺子真母悌孝食美力義病地官父食年杖病親標廬女孝
年孝父心生孝生飲全效仁治兄辭回素三護母葬迁親孝忠
三敦崧孝如至天不兩主智母動求尋嶺廬泣疗後高望高著
泣風悝真母尊母喪孝爲女爲心母達荒墓墓肱婆年運節祺
柴家晉高後至認居忠忠孝相孝侍必巍泣伏割送少孝貞不
戊戌正月書於北京高章臣

书法作品作者简介

高山水 1945年生,福建云霄人。民间姓氏文化研究专家,《中华高姓大通谱总谱》编委会副总编,为宗文篇、文物篇、艺文篇、人物篇提供大量资料,在高氏家谱网发表一千五百余帖。著有《百世典型高东溪》《高氏杰出人物》《一代名臣高拱》《一代文豪高攀龙》《高姓仕林》《二十五史高姓4人物传记》《高姓人物传记》《高氏历史人物故事》《高氏名人胜迹》《神武皇帝高欢的传奇故事》《高氏文物》《高氏文苑》等。

高文生 1954年生,河南商丘人。大学学历,中共党员。河南省书画家协会会员,河南大华书画院院士,河南大华书画院新乡分院秘书长。

高正石 笔名正石,斋号悟道阁。祖籍辽宁省北镇县,1959年7月生于辽宁省锦州市。中国书法家协会会员、中国美术家协会会员、中国书画家协会理事、中国榜书艺术研究会会员。毕业于北京师范大学中文系、解放军艺术学院美术系。1977年1月入伍,1981年提干,曾任新闻干事、文化干事、党委秘书、宣传处长、指挥所政委等职。

高源 1951年生,河南灵宝人,书画家、书法教育家。现为中国书法家协会会员,中华诗词学会会员,文化部中国传统文化促进会书画艺术委员会副主任,中国楹联学会书法委员会委员。

高章臣 1959年生,北京人,现为中国华夏万里行书画协会副会长,慈善中国书画院副院长,中国书画艺术研究院副院长,中国书画名人榜会员,中国书画协会会员,中国文化艺术发展促进会榜书艺术研究会会员。

高振华 字小刚,号湘邵书人,1971年12月生,湖南邵阳市新邵县人,湖大本科,香医大中医硕士研究生,国家三级中医师,国家一级书法师、诗人。作品多次获全国性大赛金奖和各级大奖。现为中国书画家协会常务理事、华夏书画院院长、国际影视明星书协会董事、中国名人书画院院士、中国书法协会会员、中国翰林书画院院士。

后　记

《高氏孝贤故事》2009 年 11 月 22 日在高氏家谱网论坛发表后，刊登在《渤海藏真》(会刊)2010 年第 4 期、2010 年 9 月出版的《高姓大通谱·总谱》上册和 2013 年 10 月出版的《高姓总谱》第六卷，海内外许多地方家谱和网络平台也都登载了，高云见主编高雪编辑的《高氏在线》、高淑明创办的《百家姓氏文创中心》、高思光主办的《高姓论坛》和高亚男主办的《深圳高姓》网都连载了，全国各地新修的很多家谱也登载了。这显然为弘扬孝爱文化，传承孝敬老人的美德，树立好家教、好家风产生了深远的影响。

孝亲，是中华传统文化的重要内容，也是伦理道德的基本准则。孝亲观念，溯源于远古氏族公社时期。春秋末年，孔子、曾子对孝作了系统论述，遂成为儒家伦理的重要内容。儒家认为，“百善孝为先”，“孝悌”是“仁之本”。在儒家文化的长期熏陶下，孝道文化成为我国的优良传统。为了弘扬中华优秀传统文化，倡导尊老。敬老和赡养老人的美德，借鉴民间喜闻乐见的图画形式，经绘画家高尔兴，书法家高文生、军旅书画家高正石、艺术家高源、昆仑小草书法家高章臣、中医师书法师高振华书法、书法家高培贞，共同努力，高思光宗亲认真阅读初稿，提出许多宝贵意见，绘成《高姓二十四孝书画故事》。孝亲的主要内容是尊敬和赡养老人。我们编纂本书的目的，是通过古人的孝亲故事，使人们从中得到启发和借鉴，弘扬孝亲的传统美德，在全社会形成尊老、敬老、爱老的社会风尚，为建设和谐家庭、和谐社会做出贡献。

中国社会科学院研究员、博士生导师、中国经济史学会会长、国家社会科学基金学科规划评审组评委魏明孔博士是位大孝子，他在1995年读博时，就以“卓生”笔名编著了把孝心献给父母《新编二十四孝》由光明日报出版社出版，今为本书写序，使本书更加增色。

“未来的中国，是一群正知，正念，正能量人的天下。真正的危机，不是金融危机，而是道德与信仰的危机。谁的福报越多，谁的能量越大。与智者为伍，与良善同行，心怀苍生，大爱无疆！”相信社会总有一天会被人间大爱所包围。

凡是关心支持、帮助捐助出书的宗亲都列为编委会成员，凡是关心帮助、提出修改意见的宗亲都列为编委成员，在此一并表示衷心的感谢！

由于新冠疫情等多种原因，本书的出版延宕近两年，在此表示歉意。

因水平有限，纰漏难免，专家同仁，幸鉴正之！